AF331688

CARITAS

PAR

JULES ALLEVARRÈS

PIÈCE QUI A REMPORTÉ LE PREMIER PRIX DE POÉSIE

proposé par la Société d'Émulation de Cambrai,

ET DÉCERNÉ

DANS LA SÉANCE PUBLIQUE DU 20 AOUT 1860.

DEUXIÈME ÉDITION.

Vendue au profit d'une Maison d'Orphelines.

PARIS

CHEZ L'AUTEUR, RUE SAINT-ROMAIN, 15

ET CHEZ EUGÈNE BELIN, LIBRAIRE,

RUE DE VAUGIRARD, 52.

1861

CARITAS

PAR

JULES ALLEVARRÈS

—

PIÈCE QUI A REMPORTÉ LE PREMIER PRIX DE POÉSIE

proposé par la Société d'Émulation de Cambrai,

ET DÉCERNÉ

DANS LA SÉANCE PUBLIQUE DU 20 AOUT 1860.

—

DEUXIÈME ÉDITION.

PARIS,

CHEZ L'AUTEUR, RUE SAINT-ROMAIN, 15,

ET CHEZ EUGÈNE BELIN, LIBRAIRE,

RUE DE VAUGIRARD, 52.

—

1861

CARITAS.

Dilige proximum tuum sicut te ipsum.
(MATTH. XXII, 39.)

1

Le penseur d'autrefois qui, du fond de sa bière,
Des siècles disparus secouant la poussière,
Au milieu d'entre nous tout à coup surgirait,
Ebloui par l'aspect de l'immense merveille,
Vainement chercherait les traces de la veille...
Et son livide front encore pâlirait.

Et courbé sous le poids d'étonnements sans nombre,
L'étrange visiteur promènerait son ombre
A travers les splendeurs dont le génie humain
Vient de réaliser l'éclatante promesse ;
A travers les progrès dont l'humaine sagesse
Pour la postérité jalonne son chemin.

Sans doute, en contemplant les modernes prodiges,
Il pourrait, évoquant les antiques vestiges,
Suivre de nos progrès la marche pas à pas ;
Car les anciens aussi possédaient des merveilles
Dont le récit étonne encore nos oreilles,
Secrets que leurs neveux ne retrouvèrent pas.

Mais il est un progrès plus saint, dont sa mémoire
Rechercherait en vain les traces dans l'histoire...
C'est l'égoïsme humain faisant place à l'amour ;
C'est la paix succédant à la guerre cruelle ;
Les hommes s'étreignant d'une main fraternelle ;
L'égalité régnant au terrestre séjour.

Le penseur un instant douterait de lui-même
En voyant résolu cet éternel problème
Que chercha si longtemps la grande humanité,
En voyant accompli ce rêve politique
Poursuivi tant de fois par la sagesse antique :
« Eteindre la misère et la mendicité. »

Sous l'effort menaçant des besoins populaires,
Au temps où les Romains parlaient de lois agraires,
Il fallait conjurer de périlleux hasards ;
Et parfois, pour calmer les publiques détresses,
Le pouvoir dut couvrir de subites largesses
La Rome des consuls ou celle des Césars...

En prodiguant les blés tirés de la Sicile
Aux nombreux indigents de l'opulente ville,
Les grands ne consultaient que leur sécurité ;
Et le riche patron qui, sous son vestibule,
Aux clients malheureux délivrait la sportule,
Consultait son orgueil et non la charité...

Mais, sans suivre aujourd'hui ces stériles exemples,
A la sainte pitié l'homme construit des temples ;
Pour abriter le pauvre il bâtit des palais
Où l'indigent malade a, double Providence,
Pour médecins du corps, les rois de la science,
Et pour consolateurs les sœurs, anges de paix...

Les sœurs, que l'on retrouve encor dans ces asiles
Où l'infirme vieillard finit des jours tranquilles ;
A la crèche, où grandit l'enfant abandonné ;
A l'ouvroir, où leur cœur instruit l'adolescence ;
Dans les tièdes villas où la convalescence
Attend le travailleur de soins environné !...

Oh ! qui donc sur la terre institua ces choses ?
Quel est le créateur de ces métamorphoses ?
Honneur au sage ! Il a conquis le premier rang !...
— Et, tout en regagnant sa couche tumulaire,
Plein d'admiration, le spectre séculaire,
Le penseur d'autrefois s'écrirait : « L'homme est grand ! »

II

L'homme ! ah ! cherchez plus haut !— Ouvrier grandiose,
L'homme est puissant et fort ; il entreprend, il ose :
Avec sa volonté qu'il tient des cieux cléments,
Pour son service il peut dompter les éléments :
Connaissant tout le prix du temps *qui sitôt passe* '
Il fait de la vapeur un coursier pour l'espace,
Coursier prodigieux, dont la rapidité,
Au lieu d'une personne emporte une cité ;
C'est lui qui du soleil a fait un peintre habile ;
Lui, qui, jetant un fil de l'une à l'autre ville,
Comme un trait d'union, sur ce chemin léger
Lance l'éclair captif, rapide messager,
Auquel il ne faudra bientôt que deux secondes
Pour faire converser ensemble les deux mondes ;
C'est lui qui, pour donner au jour un complément
(Comme s'il eût trouvé le mot du firmament),
Invente un gaz léger, inépuisable veine,
En extrayant de l'eau l'élément hydrogène,
Et le faisant jaillir de cent mille appareils,
Peut faire au sein des nuits éclater des soleils !
— Oui, c'est l'homme ; on dirait qu'il voit Dieu face à face :
Il supprime la peine, et le temps, et l'espace...

V. Hugo.

Ne pouvant supprimer la mort, cet inventeur
Avec un peu d'éther supprime la douleur ! ! !

. . . .

Mais ce qu'il n'eût jamais découvert de lui-même,
C'est la fraternité, sainte loi, loi suprême !
Non, non ; cherchez plus haut ! non, l'égoïsme humain
N'aurait jamais posé lui-même, de sa main,
Sur cette terre où tout s'évalue et se pèse,
De l'abnégation la sublime antithèse,
Si le Christ, fils d'un Dieu, venant mourir pour nous,
N'eût dit ces simples mots : « Mes frères, aimez-vous ! »

III

L'immense cri d'amour fit tressaillir le monde !...
Mais des vieux errements la trace était profonde ;
Et le mal reprenant un jour son point d'appui,
Le Christ, qui protégeait son terrestre royaume,
Choisit pour le sauver Vincent, né sous le chaume,
        Et pauvre, comme lui.

Quand le nouvel apôtre apparut sur la terre,
L'Église n'était plus cette *nef solitaire*
Que poussait vers le port le vent pur de la Foi...
C'était l'heure funeste où les apostasies
Sur l'Océan chrétien soufflaient les hérésies,
        L'heure du doute et de l'effroi...

Le mystique vaisseau, battu par les orages,
Semblait n'attendre plus qu'un de ces grands naufrages
Que Dieu, dans notre histoire, a quelquefois permis...
Mais Dieu ne pouvait point assimiler l'Eglise
Aux choses d'ici-bas : Dieu toujours réalise
     Tout ce qu'il a promis.

Charité! Charité! Quand la tempête gronde,
Tu parais, et soudain l'obscurité profonde
Se dissipe aux clartés de ton divin flambeau :
Tu parles, et ta voix, doux et puissant génie,
Fait de nouveau surgir, triomphante et bénie,
     La Foi, déployant son drapeau !

—- Pour conquérir encor le monde, et le soumettre,
Le Bienheureux Vincent, comme son divin maître,
Suivit la sainte loi d'amour et de douceur,
Et sa vie, au milieu des luttes occupée,
Fut une glorieuse et splendide épopée...
     Vincent sortit vainqueur !

Mais au sein de Dieu même il puisa sa tendresse,
Le jour où, pour guérir le pauvre en sa détresse,
Après de longs efforts jusque-là superflus,
Découvrant tout à coup le moyen salutaire,
Il appela la femme *à remplir sur la terre*
     Un grand sacerdoce de plus [1] *!*

[1] Eug. d'Aix.

IV

Au cœur de nos cités, il est de saintes filles
Qui, pour servir le pauvre, ont quitté leurs familles...
Providences du faible et du déshérité,
Les petits orphelins les appellent ma mère ;
L'homme leur dit ma sœur ; elles disent mon frère...
    Ce sont les sœurs de charité.

Quand vous verrez passer ces humbles créatures
Si pleines de vertus, si simples et si pures,
Chastes anges du ciel qu'on croirait parmi nous
Venus pour nous aimer, en exil volontaire,
Oh ! qui que vous soyez, petits, grands de la terre,
    Sur leur passage inclinez-vous !

Vous les verrez souvent ; leur pieux ministère
Ne leur a point prescrit les murs du monastère,
Le cloître, saint refuge, abri des cœurs blessés...
Aux douleurs d'ici-bas elles mêlent leur vie ;
Elles vont vers tous ceux dont l'appel les convie,
    Vers les souffrants, les délaissés ;

Partout où le malheur établit son repaire,
Où la femme sanglote, où l'homme désespère,
Dans chacun des réduits de notre enfer humain,
Le cachot, la mansarde, insalubre demeure,
Partout où l'on gémit, où l'on souffre, où l'on pleure,
    Où l'on a froid, où l'on a faim !

Elles vont... — Rien ne peut attiédir leur courage ;
Dans la pieuse ardeur de leur sublime ouvrage,
Elles savent braver le dégoût et l'horreur,
La guerre, les fléaux ; la mort même, ô prodige !
Semble avoir dépouillé pour elles son vertige ;
    Elles l'approchent sans terreur !

Au berceau de l'enfant, au chevet du malade,
Leur main calme et guérit, et leur voix persuade.
Sur le chemin que l'homme ici doit parcourir,
Anges gardiens du pauvre, elles semblent le suivre,
Enseignant à la fois à l'enfance à bien vivre,
    A la vieillesse à bien mourir.

D'une constante ardeur leur âme est transportée ;
C'est en vain que, pareil à l'antique Protée,
Le mal change sa forme et déguise ses traits ;
Il a beau se glisser fugitif et mobile,
La sœur de charité plus forte et plus habile,
    Le poursuit jusqu'en ses retraits.

Partout elle l'atteint... Ténèbres dans l'enfance ;
Détresse chez le pauvre ; à l'hôpital, souffrance ;
Blessure dans les camps, crime dans la prison ;
Esclavage en Afrique ; au désert barbarie...
A chacun de ces coups que le monstre varie,
    Elle apporte la guérison.

Au fond des cœurs troublés sa charité pénètre ;
Elle y verse la paix, la joie et le bien-être ;
Elle y verse l'amour, ce baume tout-puissant ;
Et comme le Seigneur, par ce divin dictame,
Elle guérit le corps en purifiant l'âme,
  Et convertit en guérissant.

. . . .

C'est pour ce saint labeur, pour cette rude tâche,
Pour veiller sur le pauvre et l'aimer sans relâche,
Que la modeste sœur qui passe devant nous,
A l'appel de la Foi qui combat et qui prie,
Quitta son doux foyer et sa chère patrie....
  Sur son passage inclinez-vous !

V

  Qui porta vers ce dur office,
  Qui porta vers ce sacrifice
  La fille de la charité ?
  Ce n'est point la vaine espérance
  D'une terrestre récompense ;
  Car, en soulageant la souffrance,
  Elle a fait vœu de pauvreté.

  Pourtant elle est jeune, elle est belle,
  Quand la voix de son cœur l'appelle

Au milieu du deuil et des pleurs ;
Et pour elle, au lieu de tristesses,
Le monde aurait eu des caresses,
Des sourires et des tendresses,
Comme le printemps a des fleurs !

Poursuit-elle un but illusoire
De reconnaissance ou de gloire ?...
— Elle a fait vœu d'humilité...
Et d'ailleurs, hélas ! d'habitude
Son amour, sa sollicitude
Ne recueillent qu'ingratitude
Du pauvre par elle abrité !

Oh ! sœur aimante, sœur bénie,
Non, votre tendresse infinie
Parmi les humains n'attend pas
La récompense ou le salaire
Qu'on donne aux choses de la terre....
Le Maître auquel vous voulez plaire
N'a pas son royaume ici-bas !

Pour calmer la douleur amère,
Vous avez le cœur de la mère,
Vous en avez la douce voix :
Vous savez aimer comme elle aime,
Sans retour, d'un amour suprême,

O chaste sœur, auguste emblème,
Vierge et mère tout à la fois !

Au milieu des pleurs de la vie,
Loin des plaisirs que l'on envie,
Vous passez, le front radieux ;
Humble vertu que rien n'altère,
Oh ! votre amour est un mystère,
Dont les effets sont sur la terre,
Mais dont le mot est dans les cieux !

VI

Et depuis deux cents ans, régénérant le monde,
L'œuvre sainte accomplit sa mission féconde ;
Une abstraite vertu se fait réalité :
Et la sœur, unissant dans l'ardeur qui l'enflamme,
La pureté de l'ange et le cœur de la femme,
La sœur n'est plus la femme, elle est la charité ;

Elle est le dévoûment, la bonté, le courage...
Il n'est pas de lointain ou périlleux voyage
Qui suspende l'essor de son zèle pieux....
En sauvant de la mort l'idolâtre infidèle,
Elle lui parle aussi de la *bonne nouvelle*,
Et soudain l'infidèle abjure ses faux dieux.

Quand nos héros s'en vont aux hasards de la guerre.
On la voit s'enrôler, sublime volontaire !
Ils vont pour égorger ; elle va pour guérir.
La lutte, à son aspect, semble être moins cruelle,
Et le soldat y trouve une force nouvelle
En apprenant qu'il peut chrétiennement mourir.

Aux champs de l'Italie, aux rives de Crimée,
N'a-t-elle point suivi les pas de notre armée,
Et, doublement vaillante, enfin n'a-t-elle pas,
Par de mâles vertus se haussant à nos tailles,
Bruni son chaste front au soleil des batailles,
Entre ces deux fléaux, la peste et les combats ?

Que de fois cependant elle reçut l'injure,
Tandis qu'elle pansait la mortelle blessure
De quelque vieux guerrier aigri par les douleurs !
Mais l'angélique sœur, dans sa mansuétude,
Ne s'inquiétait pas d'un peu d'ingratitude ;
Sur le sort de son frère elle versait des pleurs ;

Elle l'encourageait d'une voix attendrie,
En lui montrant du doigt la céleste patrie....
Et le rude soldat, vaincu par la douceur,
Pour la première fois sentait avec surprise
Une larme rouler sur sa moustache grise....
— La grâce avait touché l'âme de ce pécheur !

Si le riche, entraîné par ce fécond exemple,
De sa fortune au pauvre offre une part plus ample,
Et si, prodiguant l'or, sa généreuse main
Sème plus largement pour la moisson future,
C'est souvent à la voix de cette sœur obscure
Que la bonté de Dieu place sur son chemin.

Oui, la vertu cachée a droit à notre hommage!
— Ainsi, quand nous voyons un arbre au riche ombrage
Après le triste hiver étaler ses splendeurs,
Tandis que sa beauté sur le ciel se dessine,
Nous pensons au travail secret de la racine
Qui lui porte sa séve et fait jaillir ses fleurs.

De même, lorsqu'après le deuil et la souffrance,
Nous voyons parmi nous, dans la sainte Espérance,
Dans l'Amour, dans la Foi grandir l'humanité,
Oh! songeons à la Sœur humble, modeste et pure!
L'arbre c'est le progrès : et la racine obscure,
C'est la sœur de la Charité!

SAINT-CLOUD. — IMPRIMERIE DE Mme Ve BELIN.